LE GRAND
CLOVIS
PREMIER ROY
CHRESTIEN.
TRAGI-COMEDIE

*Dediée à Monseigneur
l'Eminentissime Car-
dinal Mazarin.*

A PARIS,

Chez GVILLAVME DE LVYNES au
Palais sous la montée de la Cour
des Aydes.

M. DC. LV.

Auec Priuilege du Roy.

A

MONSEIGNEVR

MONSEIGNEVR

L'EMINENTISSIME

CARDINAL MAZARIN.

ONSEIGNEVR,

APRES les genereux témoignages qu'il a pleu à voftre Eminence me donner de l'eftime qu'elle a pour cét ouurage, les loix de la gratitude, & mefmes celles de la bien-feance m'obligent de vous en faire vn prefent : & d'offrir aujourd'huy le portrait du GRAND CLOVIS à celuy qui nous en a renou-

A

uellé la memoire dans la Sacrée Onction de noftre Monarque, fi iudicieufement entreprife, & fi heureufement acheuée, à la gloire de la France, & à la confufion de fes Ennemis. Et certes, Monfeigneur, apres ce grand coup d'eftat, fous le poids duquel vous auez terraffé en mefme temps & l'orgueil des Efpagnols & la rage des mauuais François, il n'eft plus permis aux bons de demeurer dans le filence, ny dans la crainte : Nous deuons tout dire & tout faire quand il s'agit de publier vos loüanges ou de foûtenir voftre party : & ne vous plus confiderer que comme le bon Genie de la France; & comme le Medecin de nos maux, que non feulement vous auez gueris; Mais encore à qui vous auez ofté pour iamais toute occafion de recidiuer. Mais, Monfeigneur, que vous vous eftes montré admirable dans cette cure ! & que le grand corps de noftre Monarchie a d'obligation à V. E. de l'auoir deliuré fi miraculeufement! La ville de Paris, qui

eftoit la plus malade, ne fe plaindra pas
que pour la guerir vous luy ayez tiré trop
de fang, puis qu'elle n'en a point perdu
du tout: Et voftre efprit, qui n'a rien de
cruel ny de feuere, a trouué des remedes,
pour les maladies d'vn Eftat, que les Siecles paffez n'auoient pû découurir ; &
dont encore auiourd'huy perfonne que
vous ne peut comprendre la methode,
quoy que chacun en ayt veu l'expérien-
ce. Car comment s'eft-il pû faire, Monfeigneur, qu'vne victoire ciuile rempor-
tée de viue force, fur vne fedition la plus
enragée qui fut iamais, n'ayt rien produit de fanglant ny de lugubre ? & que
pour faire reuiure l'obeïffance & le bon
ordre dans vne ville qui eftoit fi pleine de
Mutins & de Broüillons, vous ayez pû
corriger tant de Mefchans fans les punir,
quoy qu'apres tout ce vous fuft vne cho-
fe affez facile, & mefmes tres neceffaire
dans les maximes de la politique com-
munément fuiuie de tous les hommes:
Mais V. E. la rejetta pour en pratiquer

vne autre, que Dieu seul vous auoit en-
seignée, & qui vous acquit sur les ames
des vaincus le pouuoir que les armes ne
vous auoient acquis que sur leurs corps.
Car en effet Monseigneur quels esprits
si durs & si farouches ne se laisserent
point amollir & appriuoiser, lors qu'au
lieu des châtimens & des vengeances
qu'ils se figuroient, ils n'entendirent parler que de bien-faits & de gratifications?
Sans doute apres ces marques d'vne cle-
mence toute diuine ceux qui vous auoiét
haï commencerent à vous aimer; ceux
qui par vn déplorable aueuglement vous
auoient eu en horreur vous eurent en ad-
miration; Bref ceux qui auoient pris
vôtre retour pour vne de nos plus grandes disgraces le prirent pour vne de nos
plus grandes prosperitez, & ne s'en pro-
mirent plus que des merueilles. Aussi est-
il vray de dire, Monseigneur, que l'effet
suiuit de bien prés les apparences : ces
belles fleurs ne tarderent guere à nous
produire de bon fruit; & l'experience

nous monſtra que vous n'auiez vaincu Paris que pour le faire triompher ; & pour changer malgré luy la ſource de ſes maux en vne ſource de biens : Car au lieu de l'horrible diſette qui y auoit ſi long-temps regné, vous y fiſtes en vn moment reuenir l'abondance, non ſeulement des choſes qui ſeruent à la ſubſiſtance & à la commodité ; mais encore de celles qui ſeruent à l'ornement & à la pompe : Enfin vous ne fuſtes pas content de l'auoir guery ; vous luy rendiſtes ſon premier embonpoint. Ce ſont là, Monſeigneur, les premiers miracles qu'enfanta voſtre retour dans Paris, & leur production autant agreable qu'elle auoit eſté ineſperée, conuertit incontinent toutes les erreurs du peuple ; écarta toutes ſes deffiances, & diſſipa toutes ſes tenebres. C'eſt ce retour qui nous doit paroiſtre auſſi iuſte, & auſſi digne des acclamations publiques, que voſtre retraitte volontaire pour le ſalut public au peril du voſtre, a paru conſtante & heroïque, à ceux qui ſçauent bien

A iiij

que vôtre abfence de la Cour ouuroit l'en-
trée à vos Enuieux ou à vos Ennemis;
pour s'eftablir dans l'efprit du Roy, &
pour vous en chaffer peu à peu par leurs
intrigues, d'autant plus aifément que
les Rois oublient infenfiblement ceux
qu'ils ne voyent plus, & qu'on a fouuent
éprouué que leur bien-veillance auffi bien
que leur memoire ne fubfifte que dans
leurs yeux : quoy-que fa Maie.̂é en cou-
ronnant la fidelité de vos feruices par celle de fon affection & de fa reconnoiffan-
ce & par vôtré r'appel en fes Confeils nous
ayt bien fait voir que fon ame Royale eft
incapable de l'amitié changeante ; qui
femble fi ordinaire & fi fatale aux Souue-
rains. C'eft ce retour qui nous a laiffé
pour gages eternels de fon bonheur & de
fa gloire, la conferuation ou la prife, par
l'addreffe des negotiations ou par la force
des armes, d'vne infinité de Places au de-
dans & au dehors du Royaume : la chaffe
des armées & des flottes Efpagnolles bien
loin de nos ports & de nos frontieres : les

entreprifes de nos Ennemis eftrangers
& domeftiques, efchoüées & confon-
dües : les feux de ioye allumez par tout
fur les cendres de celuy de la guerre ciuile
éteinte & étouffée : Louis Augufte reftab-
bly dans fon authorité , auffi bien que
dans le fiege de fon Empire ; la Pieté, les
Loix ; les Arts, les Eftudes ; la tranquillité,
le commerce ; l'abondance ; les rentes publiques affeurées dans la capitale de cét
Eftat : Et tout nouuellement, pour com-
ble de profperité , vne ville rebelle dom-
ptée par miracle ; pour eftre vn paffage à
la déliurance plus miraculeufe d'vne ville
affiegée, & affaillie, par tout ce que le
plus grand effort de la Monarchie Efpa-
gnolle auoit r'affamblé d'hommes & de
machines de guerre : Sans parler des
fuittes de ce fameux fuccés, tant au deça
qu'au delà des Alpes & des Pirenées.

C'a efté deuant cette place, Monfeigneur, que l'induftrie & la diligence de
nos Ennemis ayant renouuellé la forme ,
l'eftenduë, & la diuerfité prodigieufe des

ouurages que Iule-Cefar auoit efleuez deuant Alexia, ces Emulateurs de la gloire de Cefar n'euffent pas eu moins de part à fon bon-heur qu'à fa fuffifance dans la guerre; Si vôtre préuoyance & vôtre courage n'euffent renuerfé le fuperbe Coloffe de leurs deffeins : Et fi Rome en ce fiecle n'euft produit vn nouueau Iule capable de ruïner ou de furmonter tout ce que l'ancien Iule auoit inuenté de plus merueilleux, pour la prife des places les plus inexpugnables. Cependant, Monfeigneur, après tant de bien-faits, dont nous fommes pour iamais redeuables à Vôtre Eminence ; il fe trouue encore des ingrats, qui loin d'en conferuer le reffentiment, tafchent mefme de le faire perdre à leurs Compatriotes: Toutefois, graces à Dieu, le nombre de ces miferables eft fi petit, que leur mauuaife intention ne fera pas vn grand progrés. Ils ne compofent aucune partie du corps de l'Eftat: & n'y font demeurez que comme des cicatrices, pour montrer

combien ſes bleſſures eſtoient profondes
& dangereuſes; & combien en les gue-
riſſant la peine que vous auez euë vous a
merité de gloire. En effet Monſeigneur,
nous n'euſſions iamais ſceu parfaitement
ce que vous valliez, ſi Dieu n'euſt permis
que vôtre vertu fuſt miſe à cette rude
épreuue:Car durant les premieres années
de ce regne, qui fleuriſſoient ſi manifeſte-
ment ſous les auſpices d'vn Roy Donné
de Dieu, aux prieres de la plus vertueuſe
Reine du Monde; quoy-que nos bons
ſuccés fuſſent vn ouurage de vos bons
Conſeils, & vn fruit de vos veilles continuelles, le Peuple qui s'abuſe ſi ſouuent,
attribuoit cette proſperité à voſtre fortune pluſtoſt qu'à vôtre conduite:Et quand
les Sages luy repreſentoient que les marques de vôtre capacité ſe rendoient aſſez
viſibles dans les degrez ſucceſſifs qui vous
auoient eleué au ſommet du Miniſtere;
puiſque Louis treziesme l'vn des plus ju-
ſtes & l'vn des plus judicieux de tous nos
Rois, vous auoit luy-meſme donné à la

Reine, comme auparauant ce victorieux Monarque vous auoit receu des mains du Cardinal de Richelieu, le plus Prudent Ministre d'Estat que la France ait fait naitre depuis plusieurs siecles ; les malicieux disoient tousiours que veritablement vous possediez vn esprit tres-éclairé & tres-addroit, pour conduire nôtre Nef durant la bonace & pour éuiter les rochers & les écueils : Mais que vous ne possediez pas vn courage assez resolu & assez ferme pour combatre la tempeste qui pouuoit suruenir, & que vous n'auiez iamais éprouuée. De sorte, Monseigneur, qu'il faut que vous confessiez vous mesme que V. E. a quelque espece d'obligation à ses Ennemis ; puis-qu'ils ont fourny de matiere à toutes ses Vertus ; & ont esté cause sans y penser que vôtre Nom s'est rendu le plus illustre de la Terre. Car s'ils ne vous eussent point donné à combattre tant d'armées que vous auez vaincuës, & s'ils n'eussent point incité contre vous tant d'Assassins que vous auez méprisez ;

vous n'auriez pas fi-toft ny fi vniuerselle-
ment adioufté la reputation d'vn courage vaillant & intrepide, à celle que vous
auiez déja d'vn efprit Sage & Iudicieux :
Enfin vous n'auriez pas merité comme
vous meritez le rang d'vn Second Hercu-
le, fi l'Enuie n'euft efté pour vous vne fe-
conde Iunon; & fi fa rage ne vous euft
expofé à toute forte de perils & de Mon-
ftres. Mais apres tout, Monfeigneur,
comme ie fuis certain que quelque
amour que Vôtre Eminence euft pour la
gloire, vous n'en voudriez point acque-
rir aux defpens de nôtre repos ; nous fe-
rons rauis que vos Ennemis & les nôtres
ne vous forcent plus d'en achepter à ce
prix : N'eft-il pas temps qu'ils ceffent de
perfecuter leur Patrie & leur Prince, en
la perfonne de fon premier Miniftre ? &
que la haine qu'ils ont contre V. E. cede
au refpect qu'ils doiuent auoir pour le
plus Augufte de tous nos Rois; qui dãs vn
âge affez foible a fait paroiftre vne force
d'efprit merueilleufe ; en foûtenãt par les

armes ce Grand Homme qui deuoit l'ay-
der par ſes Conſeils à ſoûtenir le fardeau de
tant d'affaires que les guerres Eſtrangeres
& Ciuiles luy ont laiſſé ſur les bras, en ces
dernieres années. Auſſi-bien quoy-que
nos Mécontens veuillent entreprendre
deſormais, ils ſe trauailleront en vain ; &
vous donneront pluſtoſt de l'exercice
que de la peine : toute leur Cabballe eſt
atterrée en telle ſorte qu'elle n'en releuera
iamais : & dans le deſſein de vous nuire il
ne leur reſte pour vous attaquer que des
diſcours qu'on n'eſcoute plus : ſi ce n'eſt
pour s'en mocquer, ou pour donner des
démentis à leurs Autheurs. Car par
exemple, Monſeigneur, lors qu'ils alle-
guent & crient tout enſemble que Vôtre
Eminence a empeſché la concluſion de la
Paix Generale ; & quand ils taſchent de
faire toûjours valoir ce faux pretexte de
leurs anciennes ſeditions ; quel fruit rem-
portent-ils de leurs crieries, & quelle im-
preſſion font-ils ſur les eſprits meſmes de
la Populace ? Nulle : Elle les iuge indi-

gnes de prononcer ce facré Nom de la
Paix ; parce qu'elle confidere qu'ils l'ont
fur les levres & non pas dans le cœur : Et
que leurs Suppofts ne l'ont iamais deman-
dée en Public qu'afin de s'y oppofer en
fecret par leurs perfides & maudites in-
telligences, & d'allumer plus facilement
le flambeau d'vne guerre Ciuile contre
noftre Monarque dans la Capitale de fon
Royaume. Le plus ftupide a du iugement
affez pour fe reprefenter que s'ils attire-
rent les Efpagnols & les Lorrains iufqu'aux portes de Paris, ce n'eftoit pas à
deffein de pacifier toutes chofes, comme
ils feignoient: Mais à deffein de nous faire piller, & d'auoir fecrettement leur part
du pillage. Bref, qu'apres auoir efté long-
temps Penfionnaires couuerts de nos
Ennemis, enfin ils fe font ioints ouuerte-
ment auec eux pour rauager nos champs
& pour affieger nos villes, comme ils ont
fait encore cette année celle d'Arras,
où leur entreprife autant orgueilleu-
fe qu'iniufte, à rencontré vn fuccés non

moins remply de honte que de malheur.
Et quant aux notables Bourgeois & autres gens d'honneur, qui font pleinement informez de toutes les negociations; ils foûtiennent hardiment à ces imposteurs, lorsqu'ils ofent encore leuer la tefte dans Paris; que tant s'en faut que V. E. ait empefché la conclufion de la Paix à Munfter, qu'au contraire le fieur Contareni Ambaffadeur de Venife, qui comme vn des Mediateurs affiftoit à toutes les Conferences, a depuis declaré hautement dans le Senat de cette Illuftre Republique, que les Miniftres du Roy Tres-Chreftien n'auoient rien obmis qui puft contribüer à la Paix Generale: & que fa confcience l'obligeoit de témoigner à tout le monde qu'il leur auoit veu faire toutes les démarches & toutes les aduances neceffaires, pour vn fi grand bien de la Chreftienté. Ils fçauent auffi que les Efpagnols qui vifoient bien plus à débaucher nos anciens Amis qu'à deuenir les nôtres; & à trouuer de nouueaux

moyens

moyens de continüer la guerre, qu'à la finir, ont toujours agi dans les assemblées de Munster auec si peu de sincerité & de bonne foy; qu'vn de leurs Ministres les plus considerables n'a pû depuis s'empescher de le découurir; n'ayant pas rougi de publier hautement que si la Paix eust esté concluë aux conditions qui auoient esté proposées, iamais le Roy son Maistre ne l'eust gardée qu'en apparence; & iusque à la premiere occasion de la rompre auantageusement pour la reputation & pour les interests de sa Couronne: Ils n'ignorent pas enfin que pendant le siege de Paris, & dans le temps que Monsieur le Duc de Longueuille auoit quitté le parti Royal, vos plus passionnez Ennemis l'estant allez trouuer pour sçauoir de luy quelle part auoit V. E. dans la rupture du traitté de la Paix, auquel ce Prince auoit assisté en qualité de Plenipotentiaire de France; tout vôtre Ennemy qu'il estoit luy mesme, il aduoua nettement qu'on ne vous pouuoit donner aucun iuste blâme de ce costé là: & que vôtre conduitte auoit paru tout a fait exempte de reproche, dans la suitte de cette grande affaire. Et il n'auoit garde Monseigneur, d'en vser autrement; sçachant bien que vous auiez encore entre les mains bon nombre de ses lettres, escrites d'Allemagne, par lesquelles il vous represente que le zele de la Paix vous emportoit plus loin qu'il ne falloit: & qu'en vous precipitant vn peu trop pour l'obtenir, vous paroissiez ne ménager pas assez les interests & la gloire de la France; dans cette importante negociation. En quoy la passion de ce Prince pour l'honneur de son souuerain & de sa Patrie, n'est pas moins loüable pour auoir esté surprise par la fourberie des Espagnols; qui sous pretexte d'vne paix generale en meditoient vne particuliere; laquelle enfin leur reussit, auec les Estats des Prouinces vnies. Et apres tout, Monseigneur, ces pestes cachées de leur patrie, ces Hypocrites d'Estat, s'il faut ainsi dire, auoiét

ils bonne grace de vous reprocher auec
tant d'éclat de n'auoir pas voulu nous
donner la paix quand vous l'auiez pû, au
mefme temps qu'ils vous mettoient dans
l'impoffibilité de la faire quand vous
l'euffiez voulu, comme il eft certain que
vous en auiez & auez encore le defir?
quelle eft la iuftice de ceux qui vous ac.
cufoient de nous auoir priuez de cette
aymable paix, & qui par leurs intrigues
ne tendoient qu'a la rendre impoffible à
celuy mefme qu'ils accufoient de nous
l'auoir rauie? dans la foibleffe où leur
malice nous auoit iettez, euffions nous
pû la faire? ou les Efpagnols l'euffent ils
voulu, dans l'efperance qu'ils auoient
conceuë de nos diuifions domeftiques?
& pouuons nous bien croire que ceux
là fe foient beaucoup fouciez de nous
la procurer, qui ne s'eftudioient qu'à la
faire deuenir impoffible en la faifant deuenir inutile à nos Ennemis, & en leur
donnant lieu de nous la refufer pour
aduantageufe qu'elle fuft, & pro-

portionnée à leur ambition demesurée,
n'y ayant point de paix qui ne leur pa-
ruſt dans nos brouilleries moins ſou-
haittable que la guerre.

La médiſance n'auance guere dauátage
ſes mauuaisdeſſeins, quand elle impute à
V. E. que le peuple eſt accablé de tributs
& d'impoſitions; Car cóme nous voyons
deuant nos yeux que le Roy les diminue à
meſure que ſa Maieſté accroiſt ſes victoires; tant contre les Eſtrangers que contre nos Mécontens qui les aſſiſtent; nous
tirons de là vne conſequence indubita-
ble que ces meſmes Mécontens ont toujours eſté & ſont encore les principaux
autheurs de la foule du Peuple ; puiſ-
qu'ils ſe ſont ſi long-temps oppoſez à
ces meſmes victoires qui ſont la cauſe de
ſon ſoulagement ; bien loin d'eſtre celle
de ſes ſouffrances & de ſon accablement
ſelon que nos Broüillons le vouloient
perſuader à ſa credulité. De ſorte, Monſeigneur, qu'au lieu qu'ils dépeignoient
vôtre éleuation , dans nos dernieres

profperitez , comme vne occafion de châtiment pour les coupables, & d'oppreffion pour les innocens ; nous l'auons veue au contraire deuenir vn grand theatre où vôtre bonté , à pardonner aux autheurs du mal & à foulager ceux qui le fouffroient, à éclatté d'vne maniere diuine , au mefme temps qu'il vous euft efté facile de vous vanger des vns & de fouler les autres , fi la douceur de vôtre naturel euft pû vous permettre de l'entreprendre. Ainfi les nouueaux triomphes de fa Maiefté , dont les Factieux faifoient vn prefage de nouuelles miferes , nous paroitront deformais autant de gages ou d'auant-coureurs de noftre bonne fortune ; & les confiderant comme vn bien de tout le Royaume, en gros & en detail, chacun de nous ne fera pas moins obligé de les fouhaiter pour fon aduantage particulier , que pour celuy de fon Roy & de fa Patrie. Il eft donc vifible que ce qui peut augmenter les tributs ce ne font pas les victoires de nôtre

Monarque, mais les caballes des Rebelles, qui ne fe reuoltent contre luy que pour chercher dans le trouble de la guerre l'vtilité qu'ils ne trouuent plus dans le calme de la Paix. En effet, Monfeigneur, chacun fçait que le mécontentement durant la Regence, fe fit paroitre principalement, lorfque la Reine & les Miniftres n'eurent plus de quoy appaifer ces importuns, à qui l'épargne du Roy eftoit neceffitée de fournir chaque iour de nouuelles fommes, pour les payer du repos où ils laiffoient couler fa Minorité; & pour achetter d'eux en quelque forte la tranquillité de leur Patrie. Mais dans ces conionctures, il faut aduoüer, Monfeigneur, que voftre condition eftoit bien plus à plaindre qu'à enuier, fi ceux qui n'en connoiffent que l'éclat en euffent auffi bien connu la peine & les difficultez: Car encore que les impofitions qui fe leuoient, fuffent beaucoup moindres que celles qui s'eftoient leuées fous le regne precedent, la folie

du Peuple les eſtimoit beaucoup plus
grandes & moins ſupportables: & Vôtre
Eminence ſeule en receuoit tout le blâme
tandis que d'autres en receuoient ſeuls
tout le profit. Vous auiez à ſoûtenir les
meſmes guerres que le deffunt Cardinal
de Richelieu auoit ſoûtenues, & dont
tout le monde ſçait que vous n'auez pas
eſté l'autheur, Et cependant vous ne pou-
uiez pas diſpoſer des nerfs de la guerre
comme vôtre Predeceſſeur, qui gouuer-
nant ſous vn Roy Maieur & tres-abſolu,
empeſchoit facilement que les Grands
du Royaume ne tranchaſſent des petits
Rois : Mais quoy ; le peuple n'auoit garde de faire cette reflection ; & l'eſtat fleu-
riſſant où il ſe voyoit ne luy permettoit
pas encore d'eſtre ſage ; puisqu'il n'y a
que l'experience des malheurs qui le puiſ-
ſe rendre tel. Il s'abandonnoit pour lors
à l'iniuſte liberté qu'il a ſi ſouuent priſe à
ſon dommage, de condamner iuſqu'aux
vertus meſmes des Miniſtres d'Eſtat, qui
ne trauaillent qu'à l'entretenir dans la

Paix & dans le bon ordre ; pour excufer les crimes des Grands, qui ne trauaillent qu'à le ietter dans la guerre & dans la confufion : Et fe laiffoit poffeder à fa manie ordinaire, qui ayme mieux voir, s'il faut ainfi dire, les Fils des-obeïffans & débauchez arracher la peau de la brebis & couper les branches de l'arbre; que de voir le Pere de famille, par vne prudente & iudicieufe Oeconomie, tondre la laine & cueillir le fruit feulement.

Enfin, Monfeigneur, quelques traits de médifance que nos Mécontens puiffent forger, & de quelque part qu'ils foient addreffez ; Ils ne porteront aucun coup contre voftre Eminence : & ne reüffiront qu'à montrer la foibleffe de leurs autheurs auffi bien que leur malice. Voftre gloire s'eft efleuée en vn fi haut point, que l'Enuie ny fçauroit plus atteindre; & les nuages de la calomnie, loin d'en obfcurcir la fplendeur, la rendent encore plus brillante deuant le Peuple; qui fe voyant enfin forty de fon aueuglement , témoigne par vne genereuse resipiscence , qu'il ne veut plus ouurir les yeux que pour contempler ou vôtre personne ou vos portraits (qui sont magnifiquement étallez aux lieux les plus éminens des places publiques auec la veneration que l'on doibt aux Heros & aux Liberateurs des Peuples : comme pareillement il ne veut plus auoir d'oreilles que pour entendre vos loüanges; ny de bouche que pour les publier hautement, à la face mesme de vos plus opiniastres Ennemis. La comparaison que nous faisons chaque iour de vostre gouuernement auec celuy de nos nouueaux Politiques , & de l'heureuse condition où nous sommes auec le déplorable estat où nous estions , nous apprend à nous tenir sur nos gardes mieux que par le passé : & à ne nous plus fierà ces mauuais Medecins , qui dans nostre plus parfaitte santé nous voudroient encore faire accroire que nous sommes malades : afin d'exercer tousiours sur

ñous la violence de leurs remedes ; de re-
mettre en pratique le fer & la flame ; & de
faire fucceder des maux veritables à ces
maux fuppofez ; dont ils fe plaignent pour
nous fans adueu ainfi que fans fuiet ; &
bien moins par des fentimens de pitié
que par des mouuemens de rage. Qu'ils
fe taifent donc, de grace, puifque c'eft
en ce feul point qu'ils nous peuuent obli-
ger : auffi bien le mafque dont ils fe cou-
urent ne nous abufera plus ; & malgré
tous leurs déguifemens nous les auons
reconnus iufqu'au fond de l'Ame. Nous
fçauons que l'vtilité publique qu'ils tafchent de faire fonner fi haut , fert de pretexte & non pas de but à leurs crieries :
que les mouuemens ny les tumultes ne
font pas vn moyen propre à faire reuenir
de l'argent dans les coffres du Roy, ny
dans les bourfes des bons Bourgeois ;
mais plus-toft dans celles des Vagabons
& des Sedicieux, & qu'enfin pour voguer
heureufement au trauers des tempeftes
quand elles furuiennent, le meilleur ex-

pedient eſt d'obeïr ſans repugnance aux ordres du ſage Pilote; & de ne conſpirer point auec les vagues & les vents, pour empeſcher ou retarder l'effet de ſa conduitte iudicieuſe, & bien intentionnée, & pour tout dire en vn mot, telle qu'a touſiours eſté la voſtre, Monſeigneur, qui nous a remis dans le port malgré l'orage; & nous a rendu la paix domeſtique, malgré les ſeditions où nous eſtions acharnez. Il eſt bien vray que ces maux nous ont long-temps fait ſouffrir; & que la gueriſon en a eſté aſſez tardiue: Mais apres tout leur durée procedoit de la faute du Malade, & non pas de celle du Medecin; & vous nous euſſiez plus-toſt déliurez, ſi nous nous fuſſiós plûtoſt confiez à vôtre fidelle experience. Toutesfois Monſeigneur, puis qu'en fin, graces à vos veilles continuelles, & à vos trauaux aſſidus, nous auons recouuré cette charmante Paix, nous voulons deſormais oublier la peine que nous a donnée son acquifition, afin de goûter plus agreablement le plaifir que nous donne fa iouiffance; & ne plus fonger à ce qu'elle nous coufte; mais à ce qu'elle nous vault; & nous vaudra d'icy en auant: puis qu'il femble que le Ciel, confpirant auec vos illuftres foins en faueur de nôtre Augufte Monarque, ayt lafché la bonde aux profperitez de la France; & que les biens prefens, quelques grands qu'ils nous paroiffent, ne font encore qu'vn efchantillon des biens à venir. En effet Monfeigneur, apres les marques que vous nous auez données de tous coftez, & de vôtre fageffe & de vôtre inclination à nous faire du bien; nous nous promettons tous que cette Paix particuliere nous en va caufer vne generale, que vous ferez receuoir par force à nos ennemis s'ils ne la veulent receuoir de gré: Car vous nous auez fi bien remis dans le chemin de nos premieres conqueftes, que rien deformais ne femble impoffible

aux entreprifes de Louys Augufte: Tout
eft contraint de ceder à fa renommée ou
à fa valeur ; & il faudra neceffairement
que les Efpagnols l'ayent bien-toft pour
Amy s'ils ne le veulent auoir pour Mai-
ftre. Ce fera principalement alors, Monfeigneur, que nos Mufes feront leur
dernier effort pour éternifer vôtre gloire,
& pour immortalifer vôtre vertu : puis
que l'experience leur fait connoiftre
qu'elles ont l'honneur de n'eftre pas
moins cheries de vous qu'elles l'ont efté
du fameux Cardinal de Richelieu, dont
elles conferuent fi foigneufement la memoire. Ces fçauantes Filles s'occupe-
ront fans relache ou à tracer les tableaux
de vos heroïques actions, ou à dreffer
les trophées de vos celebres victoires:
& comme vôtre generofité leur aura
donné le moyen de mediter agreablement, & de goufter le mefme loifir que
les bien-faits d'Augufte firent autrefois
goufter à Virgile, vous ferez l'objet de

leurs veilles, auffi bien que vous aurez
efté l'Autheur de leur tranquilité. Dans
cet illuftre employ, où tous les honne-
ftes gens fouhaitteront d'auoir part,
i'ofe me promettre que mes Eftudes ne
cederont pas facilement à celles des autres: & que s'il s'entrouue de plus habi-
les ou de plus heureufes à celebrer la
gloire de vôtre nom, pour le moins il ne
s'en trouuera point de plus ardentes ny
de plus paffionnées. Mais en attendant,
Monfeigneur, cette derniere de nos fe-
licitez qui femble déja fi prochaine; ce
repos profond & vniuerfel de toute l'Eu-
rope, que vôtre conduite chaque iour
nous fait efperer de plus en plus; Ie fup-
plie tres-humblement V. E. de continuer
à mon Clouis l'honneur qu'il vous a déja
plu luy accorder, de vôtre eftime & de
vôtre protection : Et de fouffrir que cet
ouurage puiffe demeurer prés de V. E.
en quelque forte de confideration, finon
à caufe de fa forme pour le moins à caufe

de sa matiere , & du vœu tres-sincere, tres-respectueux, & tres inuiolable que son autheur a fait de demeurer éternel-lement.

MONSEIGNEVR

De V. E.

Le tres-humble, tres-obeïssant & tres obligé seruiteur L'HERITIER.

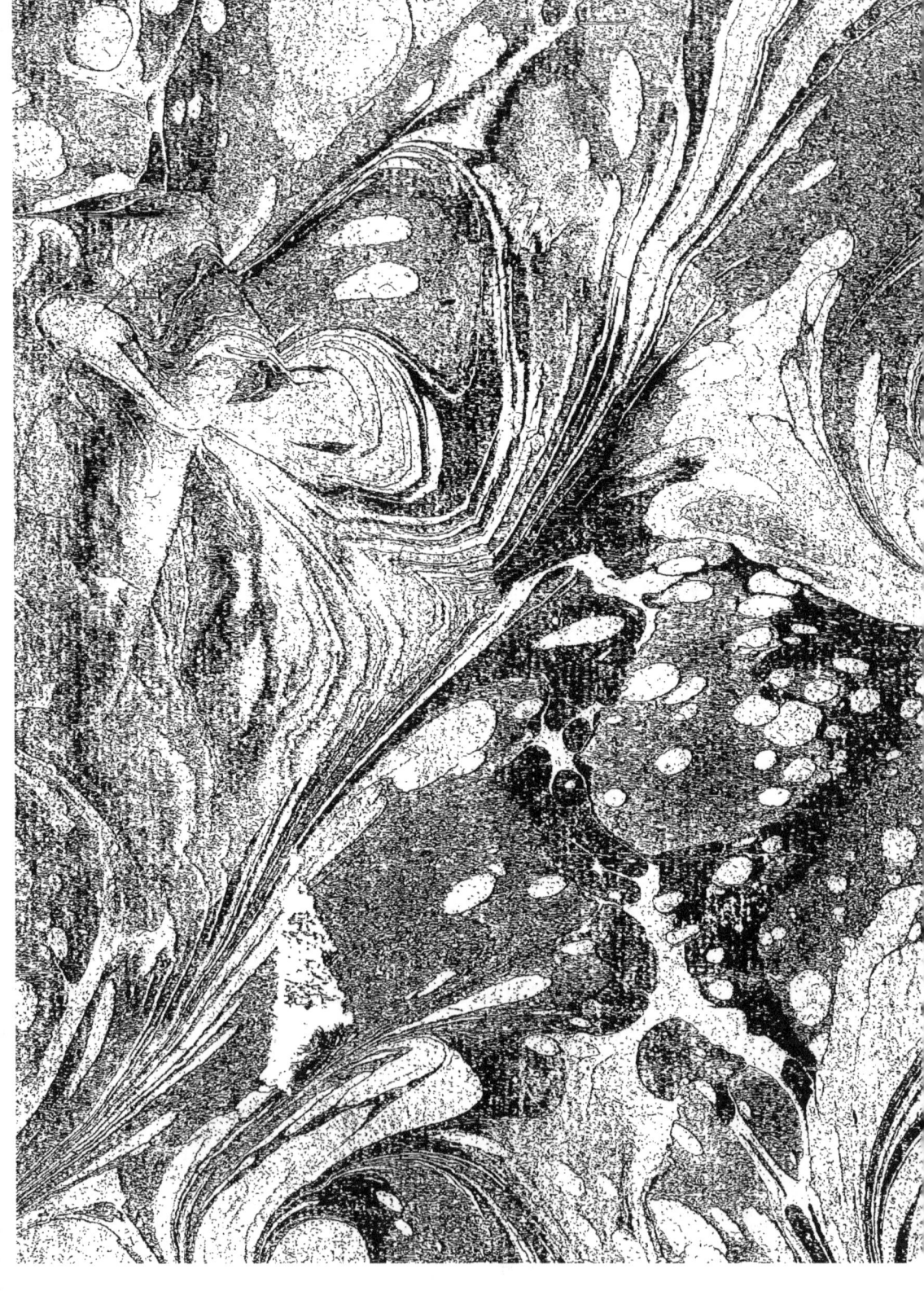

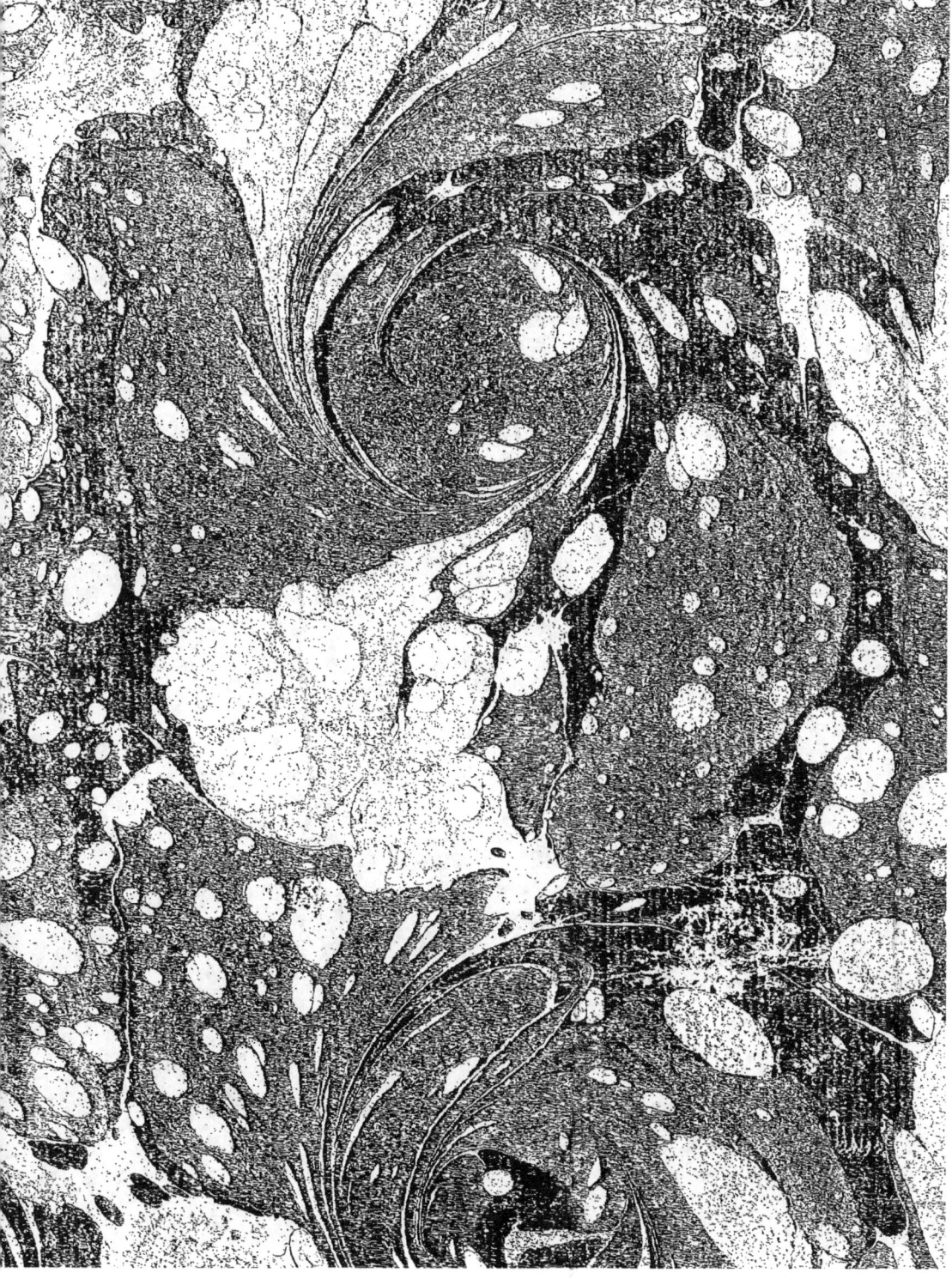

www.ingramcontent.com/pod-product-compliance
Lightning Source LLC
Chambersburg PA
CBHW060858180626
46818CB00004B/1763